TOKYOPOP

TOKYOPOP GmbH
Hamburg

TOKYOPOP
1. Auflage, 2018
Deutsche Ausgabe/German Edition

Aus dem Japanischen von Hana Rude

HOUKAGO, AIMASHOU.

First published in Japan in 2015 by
KADOKAWA CORPORATION, Tokyo.
German translation rights arranged with
KADOKAWA CORPORATION, Tokyo
through TUTTLE-MORI AGENCY, INC., Tokyo.

Redaktion: Beatrice Tavares
Lettering: Vibrant Publishing Studio
Herstellung: Mathias Neumeyer
Druck und buchbinderische Verarbeitung:
CPI – Clausen & Bosse GmbH, Leck
Printed in Germany

ISBN 978-3-8420-4894-2

www.tokyopop.de

♡ Vielen Dank fürs Lesen!
Weiter geht es in After School Dates Re.!

STOPP!

**Dies ist die letzte Seite des Buches!
Du willst dir doch nicht den Spaß verderben
und das Ende zuerst lesen, oder?**

Um die Geschichte unverfälscht und originalgetreu mitverfolgen zu können, musst du es wie die Japaner machen und von rechts nach links lesen. Deshalb schnell das Buch umdrehen und loslegen!

So geht's:

Wenn dies das erste Mal sein sollte, dass du einen Manga in den Händen hältst, kann dir die Grafik helfen, dich zurechtzufinden: Fang einfach oben rechts an zu lesen und arbeite dich nach unten links vor. Viel Spaß dabei wünscht dir TOKYOPOP®!

Oh …
Ich muss einge-schlafen sein.
Hach … Er ist so süß!
SCHMACHT
Was … ist?
Starr mich nicht so an!
Itsuki.
Nh …!
Itsuki …

Jetzt wird mir einiges klar ...
In jener Nacht stand für ihn schon fest, dass er die Reise nach Amerika antreten wird ...
... und er wollte mi aus Verzweif lung ...
... und zum Abschied seine Gefühle offenbaren ...
Ich hab das Eis nicht auseinanderbekommen.
Hat leider etwas länger ge...
Sorry ...
ZZZ ...
Hä ...?
Warum hält er mein Kostüm...
... im Arm ...?
TOCK
KLIRR

... in mir ... ... wider-hallten.
Dann ... ... bleib bei mir.
Mir ist kalt ... ... Seiya.

All meine Gedanken ...
... drehen sich nur um dich ...
... verstehst du?
Ich liebe dich!
»Ich bin ...
... schon immer in dich verliebt.«
Diese Worte ...
... waren mir allzu gut bekannt ...
POCH
Ähm ...
Waren es doch dieselben ...
... die auch ständig ...
POCH

...
Ich sag jetzt etwas, das du vielleicht eklig finden wirst ...
... also mach dich bereit.
Ich bin in dich verliebt ...
Schon immer. Das wollte ich dir nur sagen ...
... Itsuki.

Ich wusste nicht, wieso ...
... aber er begann mir daraufhin zu folgen.
Oh, es schneit!
Oh, der Weihnachtsmann.
Schweigend ...
... ganz gleich, wohin ich auch lief.
Warum ...?
Warum ...
... folgst du mir ...?

Was soll das denn?
Sonst bist du doch viel schlagfertiger.
Wenn du so guckst, weiß ich gar nicht, wie ich reagieren soll.
Ich sagte doch, beachte mich nicht.
Es geht dich nichts an.
...!
Ich weiß ja, dass du mich nicht ausstehen kannst ...
... aber weißt du, für mich sieht die ganze Sache etwas anders aus ...
?

Du bist total blass ... Fast schon kreidebleich ...
Bist du auf dem Weg zu einer Weihnachtsfeier mit Freunden oder so?
Sieh zu, dass du dich schnell irgendwo aufwärmen kannst.
Nein ...
Hä?
Also keine Feier mit Freunden?
Steigt die Party bei dir zu Hause?
Dann los! Ab mit dir!
Hopp!
Zu Hause ...
... ist niemand ...
... Ähm ...
Beachte mich nicht weiter.
Bis dann.
WUPP
Ah!
Jetzt warte!

Shirota!
Erkennst du mich auch ohne Brille?
W…
Was machst du denn hier …?
Warum muss ausgerechnet er vor mir auftauchen …?
Seiya Shirota …
Schon von klein auf hassen wir uns. Aber eigentlich …
… warum du mit so einem Gesicht …
… durch die Straßen läufst.
Ich arbeite hier …
Das sieht man doch.
Verrate du mir lieber …

Zuck
WUPP
PACK
...?!
BAMM
Der Weihnachtsmann hat sie doch nicht mehr alle!
W... Was soll d...
RATSCH
Ich bin's!

Warum ...
... ist es da vorne so hell ...?
Itsuki!
Weihnachtsaktion
Starr
?
Wurde ich ... ... gerade gerufen ...?

Itsuki!
Kümmert euch nicht um mich.
Ich mag vielleicht ein liebloses Kind sein, aber ich mache trotzdem, was ihr wollt.
Heute werde ich allerdings gehen.
Itsuki!!
Man kennt mich als den Sohn der Eigentümer der berühmten Stadtklinik auf dem Berg.
Und meinen Weg, Arzt zu werden, habe ich nie angezweifelt.
Wie kann es also sein ...
... dass mir die Nacht so dunkel ...
und per-
ktivlos er-
heint ...?

Jene Nacht an Heiligabend ...
... letztes Jahr.
Makabe
Du gehst schon wieder aus?
Welche Party ist es diesmal?
Es ist deine Schuld, dass Itsuki so ein liebloses Kind geworden ist.
Wärst du nur öfter zu Hause, wäre er nicht so geworden ...
Der Apfel fällt eben nicht weit vom Stamm!
Wie bitte?!

So ein Mist!
So kann das nicht weitergehen!
SST
Ich lass mich viel zu sehr von ihm führen.
Irgendwie macht mich das wütend. Zur Strafe ziehe ich mich jetzt wieder an!
SST
Hm?
Ein rotes Kleidungsstück ...?
Aber das ist ja ...
... aus jener Nacht ...

Ah!
Hah ...
Sei... ya ...
Sei... ya!
...
So ging's dann eine ganze Weile weiter ...
Verdammt, er hat mich die ganze Zeit angestarrt! Und wie er mich angestarrt hat!!
Und endete hier.
BLUSH

Itsuki.
Itsuki ...
POCH
Ah ...
Nh!
...!

TAPP TAPP
POFF
Wer würde bei dem Pensum nicht durstig werden?
Sobald wir hier reinkamen, ging's los ...
»Itsuki ...«

Oh ...
Etwas zu trinken! Kommt sofort!
Willst du lieber eine Cola oder Tee ...?
POFF
Fix und fertig
Wasser genügt. Am besten mit Eis.
Geht klar!
Was?
Na ja ...
Wann hat man schon mal die Gelegenheit, dich so zu sehen?
Da fällt es mir schwer aufzustehen ... weißt du?
BOFF
Jetzt mach schon!
Ja, ja!
SST
Schon unterwegs!

That
One Night
Wir kaufen Ihre alten Bücher
Antiquariat Shirota
Puh ...
Mh ...
Ich ...
... hab Durst.

Dreh
Ich überleg's mir.
Okay ...
Hof-fentlich ist das Shoo-ting bald vorbei!
Hey!
Was macht ihr denn da?!
Könnt ihr nicht ein biss-chen freund-schaftlicher tun?!
Mann!
Das Foto, das an diesem Tag gemacht wurde ...
... zeigte die Schul-sprecher in einem so guten Licht ...
... dass entgegen unserer Absicht das Gerücht aufkam, dass der Schülerrat das Ganze inszeniert haben muss und das gar nicht sein kann.
Die Sommerfe-rien und das Schulfest im Herbst ...
... stehen der priva-ten Tendo-miya-Aka-demie ...
... erst noch bevor.
nde

Wer weiß …
… welche Hebel ich in Zukunft …
… noch in Bewegung setzen muss …
… um dich an meiner Seite zu halten.
Du … Sag mal …
REIB
FLÜSTER
Hättest du Lust … … nach der Sache hier mit zu mir zu kommen?
Mein Opa ist gerade verreist.

Ich habe nicht vor ...
... dich in Ruhe zu lassen.
Also mach dich darauf gefasst.
Ha ha!
W... Wow ...
Wahnsinn ... Da habe ich mir wohl echt einen coolen Partner geangelt, was?
Mh ...!
Ich werde für alle Fälle gewappnet sein.

Ich habe auf jeden Fall verstanden ...
... dass du ohne mich definitiv ...
... ein Nichtsnutz wirst.
Zupp
Japp, ganz genau! ♡
Das ist kein Grund, sich zu freuen!
KLAPPS
Autsch!
Lass dir eins gesagt sein.
Seiya ...
Hm?
Ganz gleich, als was für ein Nichtsnutz du auch enden ...
... und wo auch immer auf der Welt du dich aufhalten solltest ...

Ich will momentan eben ...
... ein-fach nur mit dir zu-sammen sein.
Eigent-lich hätte ich auch nichts da-gegen, das Anti-quariat meines Opas weiter-zuführen ...
... aber ich sollte schon mein Bestes geben ...
... damit ich mich neben dir nicht schämen muss.

Hey, hör mal ...
Ich werde nächstes Jahr ...
... ganz normal die Aufnahmeprüfung für eine japanische Uni absolvieren.
Nach Amerika geht's später.
Das ist echt nicht zu fassen ...
Ein richtiger Vollidiot!
Japp!
Itsuki.

Und über dem Foto steht dann ...
»Der Einblick in das Privatleben 2.0!«
»In Wirklichkeit sind unsere Schulsprecher langjährige Kindheitsfreunde ...
... und kommen klasse miteinander aus!!«
Schieß ja ein gutes Foto!
Dann vergessen wir deinen Fehltritt!
O... Okay ...
Okouchi, ich glaube, dieser Titel ...
... ist noch etwas verbesserungswürdig.
Ziemlich lahm.
Klappe!
Wichtig ist doch nur, dass wir damit den Streit zwischen beiden Fachbereichen beenden können!
Also dann!
Wir halten uns im Hintergrund.
Redet einfach ganz entspannt weiter!
...
Diesen Plan ...
... habe nicht ich ausgeheckt, okay?
Ha ha ...
Das weiß ich doch.

Dann machen wir jetzt noch ein Foto ...
... wie unsere Schulsprecher zusammensitzen!
Also gut!!
Also!
Setzt euch, setzt euch!
Ja, ja ...
RUCK
RUCK
Die Uniform hat hier Symbolkraft!

Und da ...
... sollte das Foto praktisch den ersten strategischen Schachzug ...
... in diese Richtung festhalten.
Klar.
Schließlich ...
... hab ich dieses Foto gemacht. ♡
Was ?!
Shiro!
Du wusstest davon?!
Waaas?!
Ihr seid doch echt mit allen Wassern gewaschen ...!
Ha ha ha!
Der Plan ging voll auf! ♥
Mh ...!

Ihr wisst es noch nicht, aber ich plane für unsere Schulfestivals eine stärkere Zusammenarbeit zwischen den Schulen ...
... und habe eine Gesprächsrunde organisiert.
Zusammen mit der stellvertretenden Schülerratssprecherin
Natürlich müssen wir alles Weitere ...
... in unseren jeweiligen Konferenzen noch besprechen und den Plan durchgesetzt bekommen.
W...
Wie?!
Was ist das denn für ein wundervoller Plan?!
Seht ihr? Ich dachte mir schon ...
... dass die meisten Gefallen daran finden würden.
Ooooh!
Unser Makabe ist einfach schlau!
Und wenn wir alle dem Schulfest zu einem Erfolg verhelfen möchten ...
... müssen beide Fachbereiche der Schule zusammenarbeiten. Der Plan ist ...
... dass dadurch alle Schüler ihre Kräfte vereinen und die Auseinandersetzungen zwischen beiden Parteien verschwinden.

Ä... Ähm ...
Ich will ja nicht stören ...
Nur um eine Sache klarzustellen ...
Das Foto mit dem Mädchen von der M-Akademie war ich nicht, okay ...?
Hä?
Was?!
Damit hab ich nichts zu tun!
Und ich hätte es niemals auf die Webseite hochgeladen ... Ich wollte es nur innerhalb des Schülerrats rumschicken.
Wie hätte ich etwas Schulexternes beauftragen können ...?
Ach, was das angeht ...
... geht das auf meine Kappe.
Und das Mädchen, mit dem ich zu sehen bin, ist die Schülerratssprecherin der M-Mädchenakademie.
Bitte was?!

... dass er sich ...
... genau wie wir verliebt ...
...
Ugh ...
Hört auf damit ...!
E...
Es tut mir ...
... so leid ...

Ich ...
... habe weder meinen Verstand verloren ...
... noch muss ich wieder zur Vernunft kommen.
Das Einzige ...
... was mir passiert ist, ist, dass ich mich verliebt habe.
Jedem von uns könnte es passieren ...

SACK
Ich ...
... war eben um Makabe besorgt ...
I...
Ich dachte ...
... wenn ihr wegen eines Fotos auffliegt ...
... würde Makabe endlich wieder zur Vernunft kommen und die Sache mit Shirota beenden ...!
...
Hör zu ...
... Mizuno.

M... Mizuno war's!
Der Typ da aus dem ISB-Schülerrat ...!
Er sagte mir, dass er den AG-Beitrag für uns erhöhen würde.
Zitter
Zitter
Was sagst du dazu, Mizuno ...?
I...

Und?
Was genau führst du im Schilde …
… Yamazaki aus der ISB? Du bist doch Vorsitzender der Foto-AG, oder?
Ah …
I…
Ich wollte das nicht!
Aber man hat es mir aufgetragen!
Wie sonst hätte ich wissen können …
… dass ihr in dem Zimmer seid und so etwas tun würdet!
Wer?
Wer hat es dir aufgetragen?

E... Es war alles nur gespielt?!
Euer Streit war bloß Fake?
Wieso habt ihr sogar uns hinters Licht geführt?!
Wir haben uns wirklich Sorgen gemacht.
Ah ...
Tut mir leid.
Wir haben nur Okouchi und Haruna eingeweiht ...
... und sie um Unterstützung gebeten.
Sorry!
Tja ... Wir wussten eben nicht, wer der Übeltäter ist und woher er kommt.
Solange Makabe und ich uns scheinbar in den Haaren lagen ...
... waren wir davon überzeugt, dass der Täter ...
... einen günstigen Moment abpassen würde, das in einem Bild festzuhalten.
Aber ich bin echt froh, dass du dich gezeigt hast.
Dass der Kerl eglaubt hat, ıns am selben Ort ein zweites Mal rwischen zu önnen ... Wir atten Zweifel, ob der Plan aufgeht ...

Ge-spielt?
Hast du nicht gemerkt, dass ich tatsächlich sauer bin?
Immerhin sitzen wir deinetwegen in diesem Schlamassel.
Waaas?! Nicht dein Ernst!
Du hast mich doch immer nur halbherzig abgewiesen ...!
Und manchmal hast du sogar die Initiative ergriffen ...
WUPP
Keine Ahnung, was du meinst.
Waaah!!!
Okay, stopp!
Fangt nicht wieder an zu streiten!
Damit bringt ihr uns in Verlegenheit, versteht das doch! Es ist uns unangenehm!
Aargh ...
Ich will das nicht hören!
Ich will das nicht!
Ä...
Ähm ...!

Oh Mann!
Hä?
Jetzt waren wir doch tatsächlich gezwungen, vor all diesen Leuten rumzumachen ...
... nur um diesen Paparazzo aus der Reserve zu locken.
Ich wusste zwar, dass alles nur gespielt ist, aber es tat schon irgendwie weh ...
... von dem Herrn hier ignoriert zu werden.
Das hat mich wirklich deprimiert.

WUPP
Das Spiel ist vorbei!
PACK
Gute Arbeit, Leute.
Interessant ...
Dieser Kerl steckt also dahinter?

WUSCH
Ah!
RATTER
Hoppla!
Nimm das!
DOSCH
Uägh!
ZACK
Ah!

KNIPS
PACK
So!
Wen haben wir denn da?

ZIEH
Se...
RUMPEL

Konferenzraum Schülerrat
RATTER
RAUN
TUSCHEL
RAUN
Wow, was war das denn gerade ...?
Geht das gut?
KLAP
BAMM
Sei...
Rumpel

RAUN
...!
GRAPP
ZERR
Sh...
Shirota!

Ich hab ein Wörtchen mit dir zu wech-seln.
Ich halt's lang-sam echt nicht mehr aus.
Hey!
BATSCH
TUSCHEL
Das ist doch Shi-rota von den AGM-lern?!
TUSCHEL

Hey!
TAPP
TAPP
Makabe! Ich geh schon mal vor in die Mensa und halt dir einen Platz frei.
Ah, okay. Dan...
Hey ...
... werter Herr Ma-kabe!

Seht ihr?
Ich hab doch gesagt, dass es so enden wird.
Hey, wie redest du denn, Mizuno?!
RAUN
R.
Dieses Mädchen neben Makabe auf dem Foto ...
... ist doch hundertpro seine Freundin.
Verdammt! Die passen so gut zueinander!
TUSCHEL
Er hat's einfach drauf, dass er bei einer ...
... aus der M-Mädchenakademie landen kann.
TUSCHEL
Er ist so cool!

Mich ignorierst du fröhlich weiter ...
... aber du selbst lässt es zu, dass man so einen Schnappschuss von dir bekommt.
Was soll das werden? Ist das irgendeine Art Streich, mit dem du mich eifersüchtig machen willst?
Ich komme mit. Lass uns draußen re...
Kommt nicht infrage!
Auweia ...
Ich ertrage es nicht länger, dein dummes Lachen anzusehen.
Es ist mir zuwider.

Wie du lesen kannst steht da, das es um mein Privatleben geht.
Ich bin dir keine Erklärung schuldig.
Aha ...
RUCK
KLAPP
Bitte entschu digt ...
... dass wir euch solche Umstände bereiten.
SST
Wir ...
... sehen uns morgen.
...
Itsuki ...

Ein Einblick in das Privatleben des ISB-Schulsprechers
Auch dieser Post stammt von einer Fake-Adresse. Der Absender ist nicht registriert …
Ich habe veranlasst, dass der Beitrag sofort gelöscht wird …
… aber es war schon zu spät. Alle Schüler der Schule haben es bereits gesehen …
DREH
Makabe, sag doch auch mal was.
Hm …
Ich frage mich wirklich …
Dieses süße Mädchen, das die Uniform der M-Mädchenakademie trägt …
… wer das ist.

RATTER
L... Leute, alle mal herhören!
Schaut euch den Artikel in der Schülerzeitung an ...
Jemand hat ein Bild gepostet ...!
Hey, ist das nicht ...
Was?!
Habt ihr das gesehen?
Ja!
Das sind ... ... Makabe und ...
Oha ...
Das ist ...
Was hat dieses Foto zu bedeuten ...?!

Und ...?
Dieser Typ hat schon eine ganze Woche nichts mehr von sich hören lassen ...
Verdammter Paparazzo!
Sieht ganz so aus.
Ein Meeting ohne die beiden Schulsprecher
Seit dem Vorfall ...
... wird Shirota von Makabe vollständig ignoriert.
...
Ihn die ganze Zeit so schlecht gelaunt zu sehen, zieht mich irgendwie mit runter ...
... und so wie die beiden miteinander umgehen, bemitleide ich Shirota etwas ...
Ich finde es gut so.
Dieses Foto ...
... hat Makabe endlich wieder wachgerüttelt.
Wenn sonst nichts passiert, können wir den Fall zu den Ak...
TAPP
TAPP

Uwah ...
Wenn das die Runde macht, haben wir ein Problem.
Aber es scheint bislang nur an den Schülerrat verschickt worden zu sein.
Shiro!
Echt jetzt ...!
Da hast du es mal wieder ziemlich übertrieben.
Meine Fresse!
DOSCH
Ugh!
BLICK
...

Empfänger: aaaaaaa@qmail.com
Betreff: An den Schülerrat
Ich habe einen guten Schnappschu gemacht und dachte, ich lass daran teilhaben.
Oh … Tja …
Von wann das Foto wohl ist …?
…
WACK
…!
W… W… Wurdet ihr etwa heimlich fotografiert?!
Ist der Absender anonym?

Okay!
KLEB
Aber wir können jetzt so viel rummachen, wie wir wollen.♥
Ich bin wohl auch nicht besser. Ich schaffe es ja nicht einmal ...
Tipp
Tipp
... ihn von mir wegzustoßen.
PLONK
Eine Nach richt
KLICK
Oh ...

Hey!
Hm?
Die vom Schülerrat ...
... wissen doch jetzt alle, dass wir zusammen sind.
Dräng
Dräng
Die anderen wissen vielleicht Bescheid, aber das ist noch lange kein Grund, sich so gehen zu lassen.
TIPP
Was kümmert's uns, wer hier jetzt noch reinkommt?
Konferenzraum Schülerrat
TIPP
Du störst mich bei der Arbeit!
Nerv nicht!

Kapitel 5

Mh!
Tja ...
Jetzt wisst ihr's.
Ende

SCHOCK
Oh, oh ...
Hä ...?
SCHRECK
M... Makabe?!
ZITTER
W... Was hat diese Aufzug zu bedeuten ...?!
ZITTER
Shirota, du elende MistKer
Was hast du MaKabe angetan ...?!!
Habt ihr euch geprügelt? Ihr habt euch geprügelt, oder?!
Mizuno ...
Beruhig dich.
Wir haben uns nicht gestritten und Makabe hat mir auch nichts angetan. Ich war es, der über ihn hergefallen ist ...

GRAPP
H... Hier sind sie ganz bestimmt nicht!
Doch!
Da ist doch jemand! Ich habe einen Schatten gesehen.
Sorry ...
Habt ihr uns gesucht?

... gehen wir das Ganze richtig an ...
Hey, Leute ...
Da drüben sind sie auch nicht!
Jetzt bleibt nur noch dieser Gebäudeabschnitt!
TAPP
TAPP
Ich frag mich echt, wo die abgeblieben sind ...
... die beiden.
Was, wenn sie eine Prügelei angezettelt haben und gerade bewusstlos am Boden liegen?
...
Nanu? Das Vorhängeschloss hier ist offen!
Oh, du hast recht!
Hey ...
Meint ihr nicht, wir sollten sie einfach in Ruhe lassen ...?
Was redest du da ...
... Haruna?!
Los, lasst uns nachsehen!
KLACK

Es tut mir echt leid, dass ich es dir verschwiegen habe ...
...
Grmpf!
Nein, wirklich ...
Hm? Hab ich ihn gerade etwa in Verlegenheit gebracht?
Kann das sein ...?
Hey ...
So langsam sollten wir wieder zurück ... oder?
Ja ...
Die anderen machen sich sicher schon Sorgen.
Beim nächsten Mal ...

Hah!
Hah!
Hah
...
Ah!
Nh ...
Sei...
ya!
Itsuki!

ZUCK
Nh ...
Sei... ya!
Hah!
Itsuki.
...!
Itsuki ...
Hah ...
Ah!
Hngh ...
Sei...ya ...

Die Situation hier ...
... macht mich gerade ... überglücklich ...
Uh ...
RASCHEL
Schau doch ...
... nicht so verzweifelt ...
Itsu... ki ...
Warte ...
Lass mich auch ...

PLUMPS
Nnh ...
SCHMATZ
POCH
POCH
Itsuki!
Nein, halt ...
Obwohl ...
KLACK

Itsu...
Nh
...!

Erinnerst du dich?
Du hast gesagt, ich soll bei dir bleiben.
...!
WUSCHEL
Bist du bescheuert ...?!
Ja ...
Das hatten wir doch bereits geklärt.
Ich will einfach mit dir zusammen sein ...
Solange es geht. Jede Minute, jeder Tag, jedes Jahr zählt ...

... bleib bei mir.
So fand ich heraus ...
Mir ist kalt ...
... dass du auch et-was für mich empfindest.

Aber ...
... als ich letztes Jahr auf das Ergebnis wartete ...
... wir uns ...
... in jener Nacht ... in der Schnee fiel, über den Weg liefen ...
... und wir ausnahmsweise mal ... einen Moment nur für uns hatten ...
Hör mal ...
Oje ... Der muss mich gerade ... echt abartig finden.
Ich bin in dich verliebt ...
Schon immer.
Das wollte ich dir nur sagen, Itsuki ...
Dann ...

Ein intelligenter Idiot also ...?
Ha ha!
Eine furchtbare Kombi.
Ja! Wenn es um dich geht ...
... mutiere ich zu einem furchtbaren Idioten ...
... weißt du?
Als ich anfing, für die Aufnahmeprüfung zu lernen ...
... war ich fest entschlossen, bei einer Zusage nach Amerika zu ziehen ...
Damals dachte ich ja noch, dass du mich nicht ausstehen kannst ...
... und langsam hielt ich es nicht mehr in deiner Nähe aus, da ich meine Gefühle für dich ständig im Zaum halten musste.

SCHIEB
DRÜCK
...!
Lach ruhig ...
... verdammt!
Sicher nicht.
Du solltest derjenige sein, der mich auslacht.
Ich bin eben echt ein Idiot.

Warum gehst du nicht, obwohl du es könntest?
Warum ...
... hast du es mir nicht erzählt ...?!
Und ich Idiot ...
... mach mir auch noch ... Sorgen um dich ...!
Itsuki ...!

Äh, nun ja …
Ich bin ja jetzt Schulsprecher …
… und es wäre doch verantwortungslos, mittendrin zu schmeißen.
Das soll wohl ein Scherz sein!
Als ob dich so was kümmern würde …!
BATSCH
SST
Entschuldige … ja?
Bitte sei nicht sauer, Itsuki …
Warum?!

Ah ..
Ich dachte mir schon, dass es darum geht.
Er sagte auch ...
... dass du diesen Frühling eine Zusage erhalten hast ...
... und du eigentlich im September dieses Jahres dort mit dem Studium hättest anfangen können.
Bei deinen Noten ist es natürlich ein Leichtes, diese Highschool zu absolvieren ...
... aber ...
... was soll das heißen, du gehst nicht?!

Wolltest du nicht zurück zu den anderen?!
Komm nicht näher!
FAUCH
Oje, er ist wie eine Katze, die einen mit gesträubtem Fell anfaucht.
Kannst du mir vielleicht erst mal erklären ...
Ähm ...
... warum du so sauer bist ...?
Der Direktor und ich ...
... kamen eben zufällig auf dich zu sprechen ...
... und er meinte, dass du dich Ende letzten Jahres ...
... für eine Uni in Amerika, wo deine Eltern sind, beworben hast ...

KNARZ
Haaah ...
Hier steckst du also.
Was machst du in diesem gottverlassenen Zimmer ...?
Versuchst du dich zu beruhigen?
Oder sollen wir hier unseren Streit fortführen?
FUNKEL

Konferenzraum Schülerrat
Hey ... Habt ihr das gesehen?
Makabe war ja schier außer sich.
Tja ... Also, ich hab zwar keine Ahnung ...
... was da gerade passiert ... aber können wir die beiden wirklich allein lassen?
...
...
G...
Gehen wir sie suchen!
Ja, los!
TAPP
TAPP

BWSH
Itsuki!
Au …
Haaah …
Na ja, wenigstens ging's nicht ins Gesicht …
So ein Mist!
TAPP
…

H...
Hast du ...
... insgeheim über mich gelacht, als ich zu dir kam und mir Sorgen um deine Zukunft gemacht habe ...
... während du mir nichts erzählt hast ...?
...!
Verdammt!

DOSCH
TAUMEL
TOCK
Au …
HUST
Wo-
für …
… war
das?

Hey!
STOPP
Sag mal ...
Meinst du nicht, dass du eine etwas entspanntere Miene machen solltest, wenn wir uns zu zweit zeigen?
Kein Mensch würde uns abkaufen, dass wir beste Kumpels sind.
...
Oh Mann ...
Ich geh lieber wieder zurück.
Es scheint kein angenehmes Gespräch zu werden ...
Reden wir lieber, wenn du wieder ein bisschen runtergekomm...

Komm mit!!
SCHRECK
TAPP
TAPP
Oje ...
Makabe sah gerade ziemlich sauer aus, oder?
Liegen sich die Schulsprecher etwa wieder in den Haaren?
Sieht ganz so aus ...
...

Shirota!!
Wir müssen reden!
ZERR
Was? Du machst einem ja Angst.
ZWSCH
Was ist? Waru...

Komm, ich zeig dir, wie wir das meinen!
SCHMIEG
Gyah!
RATTER
Was soll da ...?!
DOSCH DOSCH DOSCH
W... Wir sollen doch ein Vorbild sein ...!
Hey!
Auaaa!
Kumpels werden ...
... hm ...?
Makabe ...!

Na ja, uns bleibt wohl nur noch eins.
Wir müssen mit gutem Beispiel vorangehen und zeigen, dass sich die Schülerräte beider Parteien gut verstehen.
Ja, müssen wir wohl.
Leider.
Hey, Shiro!
Wenn du und Makabe euch wie beste Kumpels gebt, zeigt das sicher die größte Wirkung.
PACK
Es kann ja ruhig nur Fassade sein ...
... aber könntest du wenigstens so tun, als wärt ihr zwei Freunde?
...
Hach ...

TAPP
SCHRECK
Hä ...? Makabe ...?
TAPP
TAPP
Ja ... So langsam hab ich die Nase voll.
Überall, wo man hingeht, gibt's irgendwelche Streitereien.
Ja, geht mir auch so. Jedes Mal müssen wir ausrücken.
Das Sportfest hat wohl den Kampfgeist geweckt ...
Dieses Jahr ging's ganz schön heiß her.

Konferenzraum Schülerrat
RATTER
Haaah!
Da sind wir wieder.
Ah!
Wieder zurück? Na, wie lief's?
Wir konnten den Streit auf dem Hinterhof ...
... gerade noch so schlichten.
Endlich können wir für heute nach Hause gehen.
Gute Arbeit!
Aber in letzter Zeit ...
... eskalieren die Auseinandersetzungen zwischen den AGM- und ISBlern ganz schön.
TAPP
TAPP

Kapitel 4

Mann, Mann ...
ISBler, jetzt küm- mert euch doch mal um den!
Waah!
Ma- Kabe!
Sagt mal, Leu- te ... Hieß es nicht ...
... dass die zwei ... sich nicht ausstehen können?
...
Ende

Verabschiedung der Ehrengäste
Ah!
Es ist vorbei!
Das war gutes Teamwork, Leute!
Makabe!
Wie geht es d...
TAUMEL
Ah!

... wäre das der größ-te Skandal, seit es diese Schule gibt ... oder?
JUBEL
Au-weia ...
JUBEL ...

Tss ...
MURME
Das muss wohl Liebe sein ...
Hast du was gesagt?
Nein, gar nichts.
...
Aber ...
... wenn das je auffliegen sollte ...

Zupp
In Ordnung ...
Ich verlass mich auf euch ...
Wir kommen dich dann abholen!
Dass du bis dahin auch ja nicht aufstehst!
KLAPP
Dahinter ...
... steckt bestimmt dieser Seiya ...

Kühlpflaster
...
Was soll das werden ...?
Mensch!
Nicht zu fassen, dass du draußen rumrennst, obwohl du kurz vorm Zusammenbruch stehst!
Sag doch was!
Aber ...
Jetzt hör mal zu!
Es wäre eine Schande, wenn du nicht am Staffellauf teilnehmen könntest.
Also überlass den Rest einfach uns und leg dich solange hier schlafen. Bitte!

SCHWINDEL
Ah!
TAUMEL
PACK
ZERR
ZERR
Hey ... Was soll das werden, ihr zwei ...?!
Bitte, folgen Sie mir!
Vorbereitungsraum Sozialkunde
BUFLIN 96
bei Fieber & Schmerzen

KLAT
Yes!!
Ooooh!
Das dritte Jahr aus der AGM ...
... hat das Spiel gewonnen!
Shirotaaa ...!
Waaaah ...!
Oh Mann, das war ein klasse Turnier!
Dieser Shirota ist wirklich gut.
Dann führe ich Sie jetzt zum nächsten Programmpunkt ...

Shiro!
Ja!
TAPP
BWSH

...
Hey ...
Hast du das eben ... ernst gemeint?
Dass es Makabe nicht gut geht ...?
Ja ...
Okay ...
JUBEL

E... Ernsthaft?
Ihr seid wirklich ... ein Paar?!
Du ... und Makabe?
Ihr seid in einer ... B... Beziehung?
Ja ...
Aaargh!
Makabe!
Wie hat dieser Shirota es nur geschafft, dich um den Finger zu wickeln ...?!
Hä?
Wieso bin ich hier der Übeltäter?

Schüler
Und? Was wirst du jetzt tun, Haruna?
Du hast uns gestern gesehen, oder?
E... Erklär mir lieber erst mal ... ... was genau das gestern war?
D... Du willst doch nicht sagen ... ... dass ihr zwei ...
Wir sind zusammen.

Bitte was?!
Was soll das hei...
Wollt ihr etwa dabei zusehen, wie euer Schulsprecher ...
... vor der gesamten Schülerschaft zusammenbricht?
Na ja ...
Er sieht ein bisschen blass aus, meint ihr nicht?
Was ...?
...
Tss!
Was erlaubt sich ...
... der Typ?!
BLICK

STUPS
STUPS
FLÜSTER
Hey!
Du stehst nicht ge-rade.
...!
Schülerrat
STRAMM
Danke ich pas besse auf.
So hab ich das doch nich gemeint ...
Dieser Stur-kopf!
...
Hey!
Ihr da von der ISB!
ülerrat
hülerrat

Herzlich willkommen!
Bitte folgen Sie mir. Ich bringe Sie ins Wartezimmer.
Ähm …
Hiermit erkläre ich das diesjährige Sportfest der Tendomiya-Akademie für eröffnet.
…
LINS
Schülerr

Ah, ein Pferde-schwanz ...
Dann war das wohl ge-rade ...
TAPP
TAPP
PAMM
PAMM
LÄRM
LÄRM
Highschool der Tendomiya-Akademie
Sport-fest
Wir ge-win-nen!

Itsuki ...
KLACK

Oje ...
Normalerweise hätte er sich schon längst zur Wehr gesetzt ...
Stre
Stre
Er scheint wirklich fertig zu sein.
Hm?
Ist er etwa eingeschlafen ...?
Itsuki ...
Itsuki ...

Du bist heute wirklich …
… ziemlich fiebrig …
Lass wenigstens den morgigen Staffellauf aus.
Es gibt genug andere in deiner Klasse, die das übernehmen können.
Nein.
Der Schulsprecher muss am Wettkampf teilnehmen.
Die Leute freuen sich darauf, mich in Aktion zu sehen.
Haaah …
POFF
Du bist unverbesserlich …

...!
Irgendwie kamst du mir die ganze Zeit schon so wackelig auf den Beinen vor.
Das war höchst verdächtig.
Neben all den Vorbereitungen fürs Sportfest wirst du auch noch dazu genötigt, dich mit diesen Geldgebern rumzuschlagen, und kommst überhaupt nicht zur Ruhe ...
Aber so wie ich dich kenne, lässt du auch das Lernen vorm Schlafengehen nicht schleifen, oder?
Du hast dich wirklich kein Stück verändert, Itsuki.
Das war früher.
Ich bin nicht mehr so ein Schwächling. Dieses Fieber steck ich doch weg.
Ich bin immerhin das ehemalige Ass der Basketball-AG. Deine Sorgen sind komplett unbegründet.
Immer, wenn du dich auf eine Sache konzentrierst ...
... kriegst du sofort Fieber, isst nichts und kippst am Ende um.
Idiot!
Du hast das Basketballspielen eben geliebt ...
... und hast nur deshalb kein Fieber bekommen.

DRÜCK
Hey!
Itsuki ...
Itsuki!
Be-nimm dich!
Also doch.
Was denn?
Ich wusste doch ...
... dass du Fieber hast.

Hmpf ...
Hey, Itsuki.
Ich hätte gern auch ein Omelett.
Wovon sprichst du?
...
Also doch! Du hast nichts gegessen, oder ...?

Hi!
Was machst du hier ...?
Ich hatte so eine Vermutung, dass du zum Abschluss noch mal nach dem Rechten schauen würdest.
Immerhin werden hier ja unsere wichtigen Ehrengäste empfangen.
Du überprüfst davor doch immer, ob alles sauber ist und genügend Stühle bereitstehen ...
... hab ich nicht recht?

Das zeigt nu …
… wie hungrig ich bin.
Bei uns gab's heute nur Brot.
Was stand in eurer Mensa denn auf dem Speiseplan, Pferdeschwanz?
Hack nicht so auf meinem Pferdeschwanz rum!
Ach ja …
Ihr Normalos habt ja keine Mensa.
He he he! Heute gab's bei uns ein vorzügliches Omelett mit Reis! ♡
♡
ZORN
Ein Omelett in der Schule?! Was soll das?!
Und dazu war es noch vorzüglich?!
Sprechzimmer
KLACK

Hey, Makabe ...
Du bist sicher erschöpft.
Immerhin musstest du die letzten Tage damit verbringen, dich zusammen mit dem Schuldirektor bei all unseren Sponsoren vorzustellen.
Mir geht es gut.
Damit haben wir ihre Unterstützung für das Schulfest im Herbst sicher.
Das gehört auch zu meinen Pflichten als ISB-Schulsprecher.
...
ZUPP
Gyah!
Was soll da...
Ha ha!
Sorry!
Dein Pferdeschwanz erinnert mich irgendwie an was zu essen. Sieht lecker und samtig aus.

SST
Ich lasse ganz bestimmt nicht zu ...
... dass Fremde dich mit diesem süßen Ding hier sehen.
Das Privileg habe nur ich!
MURMEL
Tja, ich jedenfalls freue mich, dass ich dich damit sehen konnte.
Es sah sehr süß an dir aus, mein lieber Shirota!
Was zum ...
Auch du hast dir die einmalige Chance entgehen lassen, mich damit zu sehen.
Das mache ich kein zweites Mal.
Poch
Poch
Verdammt ...
Er schafft es immer wieder, mein Herz schneller schlagen zu lassen.

WUPP
STREIF
Hallo? Geht's noch?
Schaut!
Ist doch total widerwärtig.
Gyah ha ha!
Wetten, du wolltest es bloß anprobieren?
Es steht dir ausgesprochen gut!
Kh …!
Dieser verdammte Shirota!
Verflucht sei er …
Als ob es gut ankommen würde, wenn so große Kerle wie wir mit düsterem Blick …
… Katzen- oder Hundeohren tragen würden. Sollen die Augenkrebs bekommen oder was?
Das kommt gar nicht in die Tüte!

TADAAA
Katzenohren!
He heee!
Ich hab ihm geraten, es zu lassen.
...
Der Schülerrat hatte sich die Teile angeblich ...
... vor drei Jahren mal aufgesetzt und sich damit einen Scherz erlaubt.
Na? ♡ Was sagst du dazu, Makabe?
Die Leute fahren bestimmt voll darauf ab!
Aha ...
Stups
Das sollen Katzenohren sein? Sehen eher wie Hundeohren aus.
SST
Oh! ♡
Huaaah ...

... dass die beiden, obwohl sie verfeindet zu sein scheinen ...
... total auf einer Wellenlänge sind ...?
Ah!
Ich weiß genau, was du meinst!
SCHRECK
Hmpf!
RATTER
Danke fürs Warten!
Hier hätte ich dann alles, was wir für morgen brauchen! ♪
Ich musste es herschleppen.
Oh!
Vielen Dank!
Hier sind die Schleifen für die Ehrengäste ...
... und hier die Armbinden für den Schülerrat ...
Oh, und guckt mal ...
... was wir noch als Erkennungsmerkmale haben! ♪

GÄHN
GRUMPF
Da stimmen die Zahlen nicht.
Hier!
RUCK
M...M... M... Meine Buchhaltung kann gar nicht fehlerhaft sein ...!
Stell dich nicht so an ...
... und schau lieber nach, Hoshi.
Ugh
O..
Okay.
Tipp
Tipp
Ah!
Was ?!
Unmöglich!
Oooh! Er hatte also recht?
Uuugh, wie konnte er das mit nur einem Blick erkennen?
Unser Shirota ist eben erstklassig! ♡
Sag mal, wieso werde ich das Gefühl nicht los ...

Sein besonderes Augenmerk liegt auf den traditionellen Wettkämpfen zwischen den ISB- und AGMlern.
Es heizt die Stimmung an.
Oh Mann, ich hab null Bock ...
... mich um die alten Opis und Omis zu kümmern.
Hey, Shiro! Sei nicht so unverschämt.
Jedes Jahr kommen ehemalige Schüler und auch andere Interessenten zusammen.
SCHMACHT
Shirota wird Volleyball spielen!
Ich kann's kaum erwarten, ihn in Aktion zu sehen. ♡
AGMler, Buchhaltung, Koizumi
Das interessiert doch niemanden. Unser Makabe wird beim Staffellauf der letzte Läufer sein. ♡
ISBler, Buchhaltung, Hoshi
Hey!
WUPP

LÄRM
LÄRM
Highschool der Tendomiya-Akademie
Sportfest
Morgen ist es so weit.
Wir werden es diesen ISBlern schon zeigen!
Gegen die Idioten von der AGM können wir uns keine Niederlage erlauben!
LÄRM
ool der
Akademie
Konferenzraum Schülerrat
So viel zum morgigen Sportfest.
Prägt euch alle Ehrengäste, für die ihr zuständig seid, ein ...
... und zeigt euch von eurer besten Seite.
Es ist sicher nicht leicht, sowohl den Job im Schülerrat zu bewältigen als auch als Sportler am Wettkampf teilzunehmen, aber ich habe Vertrauen in euch.
Wir sehen uns morgen.
Im Mai findet das Sportfest der Tendomiya-Akademie statt.
Das Event wird von vielen Ehrengästen und Sponsoren besucht.

Kapitel 3

BAMM
S... Shirota!
Schüle
Du bist doch ...
... Haruna, der stellvertretende Schulsprecher der ISBler?
Kapitel 3
Nur zu ... Erzähl ruhig weiter, was du gerade gesehen hast ...
Mir ist es egal.
Aber ...
... wer weiß, wie euer Schulsprecher das Ganze sieht ... Also überleg es dir gut.
...

Lass uns ...
... zurück in mein Zimmer gehen.
Endlich ...
... sind wir mal für uns allein.
Sie hat gerade erst begonnen.
Unsere Zeit ...
... die nur wir beide teilen.
Gut, dann reden wir weiter über deine Uni ...
Nein, das Thema hatten wir doch abgehakt.
Ach ja, der Tee.
Stimmt!
Die Wahrscheinlichkeit, dass ich ihm heute alle Klamotten ausziehen kann ...
... i... ist wohl eher gering ...
Ende

Hör mal ...
Der Alte ... hat uns definitiv schon durchschaut.
Also komm mich jederzeit wieder besuchen, ja?
Wenn's geht, über Nacht.
Auf keinen Fall.
Okay ...
Aber komm mich besuchen.
...

Hey …
Unsicher
Wie viele …
… Teeblätter soll ich denn nehmen?
E… Er ist so süß …
LÄCHEL
M… Mach du das gefälligst!
Oh Mann …
Ich bin echt froh … dass du nicht gegangen bist …
POFF
Du hast doch gesagt, ich soll bleiben.

STARR
I...
Itsuki?!
Ah, da bist du j wieder.
Wa... Wa... Was ...
... machst du da?!
Ach ...
Dein Opa wollte, dass ich ihm Tee koche, weil er im Laden bleiben muss.
Argh!
Dieser alte Sack! Das kann er von einem Gast doch nicht verlangen!

Itsuki!
Das ...
... darf nicht wahr sein ...!
Er ... ist weg.
TAPP
TAPP
TAPP
TAPP
Verdammt ...!
Wann hat der sich denn rausgeschlichen?!
So kommst du mir nicht davon!
TAPP
TAPP
Verflucht sei dieser Okouchi!
Das wirst du mir büßen!
KLACK
KLACK

Hau ja nicht ab ...
... verstanden?
Bitte bleib, wo du bist!
TAPP
TAPP
TAPP
Antiqua
Ah!
Shiro! ♡
FUPP
Ihre alten Bücher
ariat Shiro
GRAPP
Hä?!
Verschwinde!
Auf der Stelle!!
Wie ?!
Was ?!
Was soll das?!
Na los, mach schon!
Auf Wiedersehen!
FLITZ

RIIING
PIEP
So was Dummes!
Wer stört mich? Okouchi?!
Dieser Mistkerl!
Was willst du?!
Wir kaufen Ihre a
Antiquaria
Hallo, Shiro! Bist du's?
Ich wollt einfach ein bisschen bei dir abhängen.
Steh gerade vor deinem Laden. ♡
Darf ich reinkommen?
Ach, ich tu's einfach.
Was zum …
Hey! Komm ja nicht rein, du Idiot!
Beweg dich nicht!
Ich omme ofort!
…
RATTER
Sorry!
Ich geh kurz runter.
Bin sofort zurück!

KLACK
Hah
Sei...
War...
Ah!
Stopp ...
Nein ...
RIIING RING RING ...
RIIING
Ein-fach ...
... ignorieren.
RIIING
RIIING
SCHIEB
Uägh!
Geh endlich ran!
Es nervt!
Ach, ver-dammt.
RIIING

Nh ...
Uh ...
Nh ...
Hah!
Hah!
NESTEL

Wow!

Itsuki ...
KISS
ZUCK

BAMM
Un-fass-bar ...
Fix und fertig
... Sorry ...
Mist ...!
Wieso ist er nur so verdammt sexy?!

RATTER
Hey!
Hier ist Tee für euch!!
BWSH
Wah!!
Ist ja auch egal! Hau schon ab!
Du verdammter alter Sack!
S... So was machst du doch sonst nicht!
Na, du hast doch gemeint, er sei dir wichtig ...
Ist doch klar, dass ich dann Tee bringe ...

POFF
Er kann den geöffneten Laden nicht unbeaufsichtigt lassen ...
... und kommt ohnehin nur selten in mein Zimmer.

Ja.
Das kann nicht dein Ernst sein ...
Was sollte ich sonst hier wollen?
Lass mich los!
DRÜCK
MURMEL
Ich hab dich noch nicht nackt gesehen ...
Bitte was?!
ZERR
D... Du ...
... hast wohl vergessen, dass dein Opa unten arbeitet!
Was denkst du dir ...?!
Halb so wild!
Mach dir keinen Kopf um den!

Du versteht das nicht.
SST
Wie dem auch sei ...
Leb nicht einfach in den Tag hinein, sondern denk über deine Zukunft nach.
Mehr wollte ich nicht sagen.
Was?!
Ha...
Halt mal!!
PACK
Bist du etwa nur deshalb hergekommen?!

Ach, darum geht's.
Und wennschon ... Was wäre denn dabei?
Das werde ich nicht zulassen.
Es wäre eine Schande, deine Intelligenz einfach so wegzuwerfen.
Das sagst du so einfach ...
KRATZ
Wie sieht's denn bei dir aus, Itsuki?
Studierst du Medizin, um in die Fußstapfen deiner Eltern zu treten?
Ja, ein anderer Weg bleibt mir nicht ...
Findest du?
Die Welt steht dir doch offen ...

SST
Itsuki ...
Sag mir lieber ...
... wie du dir deine Zukunft vorstellst, Seiya.
Äh ..
Na ja, wenn möglich, würde ich gern unser Verhältnis vertiefen ...
Idiot!
Ich rede von deiner beruflichen Zukunft!
Überlegst du etwa, nicht auf die Uni zu gehen?!

Sag mal ...
Wie lange wollen unsere Eltern ihre Fehde eigentlich noch weiterführen?
Sie könnten doch endlich mal die Reife besitzen, ihre Rivalität von damals beiseitezulegen.
Dein Vater ist ganz schön nachtragend, wenn er immer noch sauer ist, dass meine schlagfertige Mutter sich für meinen Vater entschieden hat.
Denen hab ich es zu verdanken, dass mich deine Mutter nicht leiden kann ...
... und wir von klein auf nie zusammen etwas machen konnten.
Die sind doch schuld, dass du mich nicht mochtest.
Wer hat behauptet, dass ich dich nicht mochte?
Genug mit dem Gerede!

Ah, warte!
Ich hol uns was zu trin...
Lass!
Setz dich hin, Seiya.
Ich muss mit dir reden.
Was?
Da fragt man sich, wer von uns hier der Gast ist.
Wie geht es deinen Eltern ...
... in den USA?
Wie?
Ach so ...
Die sind beide bis über die Ohren in ihre Pathologie-Forschungen vertieft.
Bis Neujahr lassen die sich hier nicht mehr blicken.

Komm, hier ent-lang!
Unser Eingangs-bereich ist hinten.
VERBEUG
Dein Zimmer ist aufgeräum-ter, als ich dachte.
Ha ha, ich habe natür-lich alles sau-ber gemacht. Wurde auch mal wieder Zeit.
Du in meinem Zimmer ... Das ist irgend-wie ...
... wie ein Traum ... Ich kann's nicht glauben.
Setz dich doch.

Verstehe ... Ist sicher besser so.
Warum sollten auch die Kinder ...
... das Theater der Eltern mitmachen müssen.
Na ja ...
Sei nicht zu hart zu unserem Dummkopf.
TAPP
TAPP
Itsuki!!

Hm?
Makabe? Etwa DER Makabe ...?
Von der Makabe-Klinik auf dem Berg?
Ja ...
Du meine Güte ...
Aber darfst du dich denn überhaupt ...
... hier blicken lassen ...?
Meine Eltern wissen nichts davon.

Wir kaufen Ihre alten Bücher
Antiquariat Shirota
Sonntag
...
Guten Tag!
Mein Name ist Itsuki Makabe.
Ist Seiya da ...?

TOCK
Hey ... ... Opa!
Hä?
Am Sonntag ...
... kommt mich ein Freund besuchen.
Und ... ähm ...
Hä?
Was soll das denn heißen?
Er ist mir sehr wichtig.
Also pass auf, was du sagst, okay?
Ist ja auch egal!
Jetzt weißt du Bescheid!

»Nanu, das ist doch der Sohn der Shirotas.
Gib dich ja nicht mit dem ab, Itsuki!«
Seid wir klein sind, ist zwischen uns so einiges vorgefallen.
Ende letzten Jahres wurden meine Gefühle endlich erwidert ...
... sodass wir jetzt ein Paar sind ...
... aber ...
Ich habe es noch kein einziges Mal geschafft, ihn nackt zu sehen.
Verdammt!
Er will also wirklich zu mir nach Hause kommen!
Wow!
Mensch ... bin ich glücklich ...
Was mach ich bloß?!
Wir kaufen Ihre alten Bücher
Antiquariat Shirota

Moment mal ...
Echt jetzt?!
Das ist kein Scherz, oder?! Er hat mich bis jetzt ...
... noch nie zu Hause besucht!
Tatsächlich ...
... sind Makabe und ich zusammen.
Auch wenn er mir vor anderen die kalte Schulter zeigt ...
Aber woher der plötzliche Sinneswandel? Hat er mich wegen des Vorfalls gestern etwa noch lieber als vorher?
Könnte das sein?
Ich werd verrückt! ❤
Aber ... ist es denn wirklich ...
... eine gute Idee, ihn zu mir nach Hause kommen zu lassen?
Itsuki ...

Vielen Dank für deinen Rat ...
... aber ich habe ohnehin nicht vor, diesen Weg einzuschlagen.
Bitte geht alle auf eure Plätze!
Wir beginnen mit der Versammlung.
Okaaay ...
VRRR
...
Eine Nachricht?
Itsuki Makabe
Ich komme am Sonntag zu dir nach Hause.
Was ...?!

Als Schulsprecher solltest du eigentlich keinen Ärger verursachen.
Du bist wirklich unverbesserlich, Seiya Shirota.
Aber ...
... dennoch bin ich dir zu Dank verpflichtet.
Das ist schön zu hören.
Kyah!
Makabe!
Unfassbar!
Du gehst schon ins dritte Jahr. Da solltest du dir der Konsequenzen deines Handelns doch bewusst sein ...
Auf der Uni wirst du damit nur Probleme bekommen.

Ich gehöre dem Fachbereich für die Unterschicht an ...
DONK
... der nur von armen Schülern ohne Geld besucht wird. Und ich bin ihr Schulsprecher, Seiya Shirota. Hi!
Waaah!
ighschool der omiya-Akademie
Konferenzraum Schülerrat
Shiro! ♡
Ich hab gehört, dass du gestern den Leuten von der ISB aus der Klemme geholfen hast, als sie von externen Schülern dumm angemacht wurden!
Alle reden darüber!
Schülerrat der AGMler
Du machst deinem Ruf alle Ehre, Shirota! ♡
Schülerrat der ISBler
Die sollen bloß aufhören, so zu protzen!

Wah! ♡ Seid ihr nicht vom Fachbereich Internationales Showbusiness der Tendomiya-Akademie?
Die Uniform spricht Bände! ♡
Ihr seid reich, oder? Ihr besitzt Geld im Überfluss, stimmt's? Wollt ihr uns nicht etwas davon abgeben?
So ein Mist ...
RASCHEL
RASCHEL
Da habe ich mir ja einen denkbar schlechten Zeitpunkt zum Vorbeilaufen ausgesucht.
Ist das lästig!
Hey, ihr da! Lasst gut sein.
Ver schwin-det! Hopp, hopp!
Was willst du denn ... ... hm?!

Kapitel 2

Aber wir sind fertig.
Gehen wir!
DRÜCK
Na ja, wie dem auch sei ...
Sollte er es wagen fremdzugehen, ist er tot.
Ende

TAPP
TAPP
Mensch!
Wo bleibt dieser Shirota schon wieder ...?
TAPP
Er wird doch wohl nicht noch im Konferenzraum sein ...
RATTER
Wah!
Oh!
Was macht ihr denn hier?
Ach ...
Ich wusste doch, dass du noch nicht nach Hause bist.
Wir haben uns schon gefragt, wo du bleibst!
Ach so ...
Herr Kamiya hatte noch was mit mir zu besprechen.

Genau ...
Wie könnte ich einen Fehler begehen?
Ich kann ...
... von diesen leidenschaftlichen Augen ...
... einfach nicht genug bekommen ...
...!
Hey, lass das ...!
Ja, ja ...

Was?!
Was?!
Was für ein dummer Gesichts-ausdruck ...
PACK
Aber ich habe mich geirrt ...
Itsuki ...
Das ... ist kein Fehltritt.

Denk nicht ...
... du seist der Einzige, der jahrelang einseitig ver-liebt war.
Hä?

KRA
Na ja ...
Ich hab mich nicht angestrengt, weil ich unbedingt gewinnen wollte.
Son-dern?
Weil ich es hasse, wenn jemand nicht alles gibt?
Ja, ganz genau.
Ver-dammt!
Mh ...
Wir geraten ohnehin andauernd aneinander ...
... da wollte ich nicht, dass ich bei dir auch noch charak-terlich unten durch bin.

ZUCK
SCHRECK
Hoppla!
Nicht schon wieder zutreten.
Das tut nämlich echt weh.
Ich weiß nur zu gut, dass unser Herr Makabe nicht nur einen guten Wurf im Basketball draufhat ...
... sondern auch beim Fußball einen kräftigen Schuss platzieren kann.
Allerdings!
Trotzdem stellst du mich in allen möglichen Disziplinen immer wieder in den Schatten.

Meinst du nicht, dass unsere Beziehung sogar helfen könnte, das Verhältnis zwischen den ISB- und AGMlern aufzulockern?
Wir müssten nur zeigen, wie gut wir miteinander auskommen.
In welcher Welt lebst du eigentlich, du Trottel?
Als ob ich das machen könnte.
ZERR
So- lange aber ...
... niemand Wind davon bekommt, machst du mit ...?

Weißt du eigentlich, wo wir hier sind ...?!
Denk doch mal ein bisschen nach ...
... du Idiot!
Klappe ...
DRÜCK
All die Jahre schienen meine Gefühle für dich einseitig.
Du kannst dir gar nicht vorstellen, wie glücklich ich bin, mit dir zusammen zu sein.
Ist doch klar, dass ich da auf ein bisschen mehr Körperlichkeit hoffe ...
... aber irgendwie will das Timing einfach nie passen.
Und dann ...
... muss zu allem Überfluss unsere Begegnung immer im Streit enden! Warum?!
Du fängst doch immer damit an!
Nicht zu fassen!
Wenn es nach mir ginge, könnte ich überall mit dir rummachen.

Obwohl wir uns ...
Bist du etwa eifersüchtig?
Träum weiter ...
... von klein auf in den Haaren liegen ...
... hat unser Verhältnis Ende letzten Jahres eine drastische Wendung genommen.
Hnh ...
Der größte Fehler meines 17-jährigen Lebens ...
Zumindest dachte ich das zuerst.

Pahl
FLATTER
Du bist doch der-jenige, der die anderen leicht an sich ran-lässt.
Wie ich sehe, bist du ganz schön be-liebt, Shi-rota.

Ha ha ha!
Ich bin heute Abend fürs Essen zuständig.
Na ja, ich kauf auf dem Heimweg einfach ein paar frittierte Hühnchen bei Morita.
Da wird Opa sicher auch nicht meckern.
Viel wichtiger ist mir aber ...
... dass du andere Kerle ...
... nicht so leicht an dich ranlässt ...
... Itsuki.

KLAPP
Du scheinst ihm ja ziemlich wichtig zu sein ...
... lieber Itsuki ...
Was machst du denn noch hier? Ich dachte, du müsstest zu Hause aushelfen?
Obwohl ich echt nicht weiß, was es in dem Laden auszuhelfen geben soll. Da ist doch eh nie was los.

Ich kümmere mich um die Abgabeformulare zu diesem Thema.
Gut, danke.
Ich muss wieder zurück zu meiner AG.
Komm gut nach Hause.
Immer. Danke für die harte Arbeit ...
... Mizuno.
KLACK
»Komm gut nach Hause« ...?
Dass ich nicht lache.

Mann, bin ich platt!
Wird das jetzt immer so ablaufen?
Ich glaube nicht, dass mein Magen das lange durchhält.
Aber Shiro ...
Ich muss Mizuno recht geben.
Normalerweise bist du die Entspanntheit in Person und lässt alles durchgehen ...
Aber sobald Makabe ins Spiel kommt, machst du eine 180-Grad-Wende.
Das macht mir Angst.
Stimmt es, dass ihr von klein auf verfeindet wart? Wie hast du überhaupt so einen reichen Schnösel kennengelernt?
Hm?
Nanu?
Wo ist ...
... er denn hin ...?
Okay, Makabe ...

Du spuckst hier ja ganz schön große Töne ...
...
Lass gut sein, Mizuno.
... aber wie wäre es, wenn du dir an die eigene Nase fasst und dein Benehmen änderst?
Wie es scheint, findest du Gefallen daran, dich mit Makabe anzulegen, doch ...
So ein Quatsch!
Ja, ja ...
Ent-schul-dige ...
... dass ich mich mit eurem ach so wichtigen Makabe anlege.
...
Jetzt misch Mizun auch noch mit ...
Beratender Lehrer, Herr Kamiya
Das macht einem noch mehr Angst ...
AGMler, Buchhaltung, Koizumi
Haaah ...

Jetzt hör mal gut zu ...
Die Einzigen, die darin so was wie einen Ansporn sehen ...
... seid ihr von der ISB. Ihr schaut doch auf uns herab!
ZUCK
Wie bitte?!
NERVÖS
NERVÖS
TAPP
...
Makabe!
PATT
Jetzt hör mal, Shirota.

A... Aber Shiro-ta!
Wie benimmst du dich denn?!
Oh Mann ...
Deshalb halt ich nichts von den AGMlern.
Sagt mal ...
Es mag vielleicht sein ...
... dass das Tradition oder so ist, aber ...
Mh!
... lässt sich nicht endlich mal etwas gegen diese Rivalität oder was auch immer das ist ...
... zwischen beiden Schulparteien machen?
Wie sollen die AGs erfolgreiche Ergebnisse erzielen, wenn ihre Mitglieder nur am Streiten sind?
Unsere Basketball-AG hat die angespannte Atmosphäre angespornt und sie konnte dadurch Bestleistungen erbringen.
Letztes Jahr hat sie es unter die ersten acht in der Nationalmeisterschaft geschafft.
Stimmt doch, oder, Mizuno?
So ist es!
Kapitän der Basketball-AG

Konferenzraum
Schülerrat
Nach der Schule ...
GÄHN
Können wir nicht endlich mal zum Punkt kommen?
Ich hab nachher wirklich noch was vor.
ZUCK

Unser Schulsprecher ist schon ein beachtlicher Typ!
Und obwohl Makabe ihn nicht ausstehen kann, erweist er ihm Respekt ...
Ja, das ist er! ♡
MURMEL
Ich habe nichts anderes vom Prinzen der ISB erwartet.
Er sticht sowohl im Sport als auch in der Schule mit seinen Leistungen heraus und stammt auch noch aus gutem Hause. Was will man mehr?
KREISCH
SCHMA
Und dann legt er noch diese Reife an den Tag! Einfach toll! ♡♡
...
Hmpf ...
Zwischen uns ...
Seiya Shirota! Ich fordere dich heraus!
... gab es nie so ein vertrautes Verhältnis, wie man es sich zwischen Sandkastenfreunden vielleicht vorstellt.
Du schon wieder!
Allein der Gedanke an die Zeit damals macht mich wütend!
Tss!
Ah, warte doch, Makabe!
TAPP
TAPP

Nur blöd, dass Ihr diesem durchschnittlichen, nichtsnutzigen Faulpelz ...
... weder mental noch körperlich gewachsen seid ...
... selbst wenn ihr euch ihm mit vereinten Kräften entgegenstellen würdet.
Ugh!
FLÜSTER
Makabe und Shirota ...
... sind ja eigentlich Sandkastenfreunde.
Ja, ich hab mal gehört, dass unser Makabe diesem Shirota sowohl in der Schule als auch im Sport immer wieder unterlegen gewesen sein soll ...
An dem Gerücht scheint was dran zu sein.
FLÜSTER

Unser Shirota wird das schon für uns regeln!!
Genau!!
Was soll dieses Theater um den Schulsprecher ...?
Hey, nicht weglaufen, Shiro!!
Oh Mann ...
Protokollant 2. Jahr Mizuno
Wieso muss ausgerechnet so ein 08/15-Typ zu deren Schulsprecher werden?!
Vize-Schulsprecher 3. Jahr Haruna
Ich hoffe doch mal, dass sie uns nicht daran hindern, den Laden hier am Laufen zu halten.
Buchhaltung 2. Jahr Hoshi
Und habt ihr gehört? Shirotas Familie scheint ein Antiquariat zu führen. Mit wenig Erfolg.
Angeblich hat er es nur durch ein Stipendium auf diese Schule geschafft.
Ja, weiß ich.

Hey, Shiro! Lass uns ein für alle Mal der Tyrannei dieser ISB ein Ende setzen.
Ich werde vielleicht nicht viel ausrichten können, aber du kriegst das sicher hin!
Ich bin fest entschlossen!
Den Diskussionspunkt »Neue Klimaanlage bis zum Sommer« werden wir so was von für uns gewinnen!
Ach, was red ich? Wirst DU so was von für uns gewinnen, Shiro! Du schaffst das!!
Üooooh!
Wir verlassen uns auf euch!
Vor allem auf dich, Shirota!!
Ach ja ...
... und wir hätten an unserem Kiosk gern die leckeren Nikoniko-Brötchen von dem Bäcker hinter dem Bahnhof. Wenn du das durchboxen könntest, wäre das voll genial!!
Okay, Shirota?
Ich versteh ohnehin nicht, warum die da drüben eine Luxusmensa fürs Mittagessen haben ...
... und wir uns it Lunchpaketen om Kiosk ufriedengeben müssen!!
Es liegt wohl einfach am Geld! Geld regiert die Welt!!

TUMMEL
Oh Gooott! Dieser MaKabe aus der ISB hat tatsächlich vor, unseren Shirota hart ranzunehmen!
Eindeutig!
Shiro, du tust mir so leid! Halte durch!
Welche Idioten haben mich denn auch bitte ...
... für diese undankbare und lästige Aufgabe gewählt ...?!
PACK
Weißt du überhaupt ...
... wie sehr wir uns dem Kerl heute Morgen ausgeliefert gefühlt haben ...
... als du in der Versammlung nicht aufgetaucht bist, Shirota?!!
Das kannst du doch nicht machen!
Protokollant 2. Jahr Tsumori
Genau, schäm dich ...
MaKabe jagt mir eine Heidenangst ein, kapiert?!
Du Mistkerl!
Vize-Schulsprecher 3. Jahr Okouchi

INKEL
Das ist die Mappe mit allen Diskussionsthemen, die für dieses Trimester anstehen!
Sieh zu, dass du sie bis zur Versammlung heute Abend durchgesehen hast.
Heute Abend?! Ich muss aber zu Hause aushel...
Ah ... Okay ... chon ut ...
Du machst mir Angst.
Das wär's dann!
...

Ich glaub ...
RUCK
... du hast sie nicht mehr alle ...!
Also ehrlich ...
Sollte das dein berühmter Dreipunktlinien-Wurf werden, oder was?!
Tu das gefälligst nur mit einem Basketball!
Das hätte ins Auge gehen können, verdammt!
Entschlossen
Von der Basketball-AG habe ich mich endgültig verabschiedet ...
... um mich voll und ganz auf die Arbeit als Schulsprecher zu konzentrieren.
Fängt die Predigt schon wieder an ...
Was trägst du hier überhaupt für eine Mordwaffe mit dir rum?
Ganz schön schwer.

ZWASCH
Ja, ja, entschul-dige viel-mals ...
... werter Herr Ma-kabe.
PACK
Hopp-la!

Dass die Wahl auf dich fiel, ist ohnehin schwer nachvollziehbar ...
... und du bist nicht der Einzige, der das gern ungeschehen machen würde.
Dass ich zum Schulsprecher gewählt wurde, war natürlich absehbar ...
Versteht sich ...
Unsere Schule besteht aus zwei Schulzweigen.
Jeder Schulzweig wird von einem Schulsprecher, der von den Schülern gewählt wird, und einem Schülerrat vertreten.
Gemeinsam halten sie Konferenzen ab und setzen sich für die Belange der Schüler ein.
Schulsprecher der ISB – Makabe
Ach je ...
Du kannst wohl nie Ruhe geben, was?
Die ganze Zeit liegst du mir damit in den Ohren.
Ich hab halt verschlafen ...
... und bin eben erst angekommen.
... aber wieso musste ausgerechnet dieser Kerl zum AGM-Schulsprecher gewählt werden?!!

Ach, du bist's, Makabe.
Was ist los? Warum ziehst du so früh am Morgen schon so ein Gesicht?
Seiya Shirota.
Oder willst du mir etwa weismachen, du hättest vergessen ...
... dass du dieses Jahr zum Schulsprecher der AGMler gewählt wurdest?
Du hast vielleicht Nerven, das erste Schülerratstreffen dieses Jahres ...
... einfach zu schwänzen.

Dass jemand wie ich, der Schulsprecher, extra hier antanzen muss ...
... hat es in der Schulgeschichte sicher noch nicht gegeben ...
Bloß wegen dieses Idioten!
3 - A
RATTER
Hey!
Seiya Shirota!!

Eine absolut berechtigte Frage ...
Es ist ein Unding, dass ich extra herkommen muss ...
Die Tendomiya-Akademie ist in zwei Schulzweige unterteilt, die wiederum in zwei separaten Schulgebäuden untergebracht sind.
Da gäbe es zum einen den Schulzweig für Internationales Showbusiness, kurz ISB ...
... der von Söhnen prominenter Persönlichkeiten und Erben großer internationaler Firmen und Krankenhäuser besucht wird ...
Er wird mit Spendengeldern überschüttet und genießt eine ausgezeichnete Förderung.
Die meisten hier tragen einen Anzug.
Und zum anderen den Schulzweig für die Allgemeinheit, kurz AGM, wo alles schlichtweg durchschnittlich ist.
Die Normalos
Die meisten tragen eine legere Strickjacke.
Diese zwei Fachbereiche stehen sich seit jeher feindlich gegenüber ...
Die getrennten Gebäude sind durch einen Korridor verbunden.
... und abgesehen vom Schulhof, der Sporthalle, dem AG-Gebäude und einigen weiteren Sonderräumen, die gemeinsam genutzt werden, gibt es kaum einen Austausch zwischen den Schülern.

... Itsuki Makabe von der ISB!
Was?!
Der Schulsprecher?
LÄRM
TUSCHEL
Und dazu noch die anderen Mitglieder des Schülerrats.
Was machen die denn zu dieser Uhrzeit bei uns AGMlern?
FUNKEL
Oh Mann ...

Highschool der Tendomiya-Akademie
Guten Morgen!
Morgen!
Die private Tendomiya-Akademie ...
... ist eine renommierte Jungenschule ...
... die im Viertel Tendomiya der Stadt A gegründet wurde.
TAPP
TAPP
RAUN
Hey ...
Das ist doch ...

Kapitel 1

Inhalt